Edward Alling

De l'absorption par la muqueuse vésico-uréthrale

Antigonos

Edward Alling

De l'absorption par la muqueuse vésico-uréthrale

Réimpression inchangée de l'édition originale de 1871.

1ère édition 2024 | ISBN: 978-3-38813-055-2

Antigonos Verlag est une marque de Outlook Verlagsgesellschaft mbH.

Verlag (Éditeur): Outlook Verlag GmbH, Zeilweg 44, 60439 Frankfurt, Deutschland, info@outlook-verlag.de
Vertretungsberechtigt (Représentant autorisé): E. Roepke, Zeilweg 44, 60439 Frankfurt, Deutschland
Druck (Imprimerie): Libri Plureos GmbH, Friedensallee 273, 22763 Hamburg, Deutschland

DE

L'ABSORPTION

PAR LA

MUQUEUSE VÉSICO-URÉTHRALE

PAR

LE Dr EDWARD ALLING,

INTERNE DES HÔPITAUX DE PARIS,

MÉDAILLES DE BRONZE DE L'ASSISTANCE PUBLIQUE (EXTERNAT ET INTERNAT),

MEMBRE DE LA SOCIÉTÉ ANATOMIQUE.

PARIS

A. PARENT, IMPRIMEUR DE LA FACULTÉ DE MÉDECINE,

31, rue Monsieur-le-Prince, 31

—

1871

A LA MÉMOIRE

de mes deux vénérés maîtres :

VELPEAU, GRISOLLE

DE

L'ABSORPTION

PAR LA

MUQUEUSE VÉSICO-URÉTHRALE

> « J'entends quelquefois dire :
> Signaler une erreur, cela équivaut à faire une
> découverte. Oui, à la condition que l'on mette
> au jour une vérité nouvelle en montrant la
> cause de l'erreur, et alors il n'est plus néces-
> saire de combattre l'erreur ; elle tombe d'elle-
> même. C'est ainsi que la critique équivaut à
> une découverte, c'est quand elle explique tout
> sans rien nier, et qu'elle trouve le détermi-
> nisme exact de faits, en apparence contradic-
> toires. »
>
> (Cl. BERNARD, *Introduction à la méd.
> expérimentale*, p. 312.)

S'il est une question se rattachant aux voies urinaires,
qui a besoin d'être élucidée, c'est bien celle de l'absorption par la muqueuse vésicale.

Car, aujourd'hui encore, malgré les nombreux travaux
publiés sur ce sujet depuis une cinquantaine d'années, les
opinions les plus contradictoires règnent parmi les médecins et les physiologistes. Aucune conclusion n'a été émise
qui ait su rallier tout le monde, comme le montre l'exa-
men des différentes publications à ce sujet.

M. Ségalas père, en 1824 (*Journal de physiologie de
Magendie*, t. IV, p. 285) admet l'absorption des substances
médicamenteuses par la vessie.

M. Ségalas fils (thèse de Paris, 1862) pense pouvoir confirmer cette opinion, et regarde l'absorption comme au moins aussi active que par l'estomac.

Bérard (*Cours de physiologie*, t. II, p. 630) l'admet, quoique à un degré moindre que par d'autres muqueuses.

Civiale (*Maladies des voies urinaires*), la regarde comme à peu près nulle.

M. le professeur Longet (*Traité de physiologie*, t. I, p. 473, édition 3e) l'admet, d'après des observations qui, dit-il, pourront ne pas toujours paraître concluantes.

MM. Suzini et Küss (thèse de Suzini, Strasbourg, 1867) la nient absolument.

M. Demarquay (*Union médicale*, 21e année, n° 2) l'admet à un certain degré.

A la Société de biologie (séance du 13 novembre 1869) nous voyons M. le professeur Bert annoncer le résultat d'expériences qui prouveraient l'absorption par la vessie, et dans la discussion provoquée par cette communication, M. Brown-Séquard rappela qu'en Italie et en Russie, on profitait de l'absorption par la vessie, dans le traitement du choléra, conduite que lui-même a suivie plusieurs fois. M. Gubler dit que le fait de l'absorption est incontestable, mais qu'elle est probablement moindre que par d'autres muqueuses, ou par le tissu cellulaire.

En Angleterre, nous voyons dans *The Lancet* (20 juin 1867) M. Thompson nier l'absorption, et dans le n° du 13 octobre 1867, M. Hicks l'admettre.

En 1868, lorsque j'étais l'interne de M. Guyon, à l'hôpital Necker, j'ai publié à ce sujet, dans le *Bulletin de thérapeutique,* (30 décembre) sous son inspiration, certaines observations que j'avais recueillies dans son service des voies urinaires. Nous avons tiré de ces faits les conclusions qu'ils nous paraissaient fournir ; mais, au commencement de l'année dernière, M. Guyon me rendant compte de certains autre faits qu'il venait d'observer, me fit craindre que nous ne nous fussions trompés dans nos conclusions, et dans le but de nous éclairer, j'ai entrepris des expériences sur des animaux.

Ces expériences m'ont fait voir que le désaccord qui règne dans cette question résulte, outre la différence du terrain sur lequel se sont placés les observateurs (vessie saine et vessie malade), de certaines causes d'erreurs qui existent dans les deux cas, et que nous étudierons plus loin.

J'ai pu faire ces expériences sur les animaux, grâce à l'extrême obligeance de M. le professeur Bert, qui a mis avec une grande amabilité son laboratoire de la Sorbonne à ma disposition. Mes expériences ont d'autant plus de valeur que M. Bert s'y est intéressé et qu'il avait fait lui-même, quelques mois auparavant, ainsi que nous l'avons vu, des expériences pour élucider cette même question.

M. le Dr Jolyet, préparateur de M. Bert, m'a prêté son assistance, et toutes les expériences sur les animaux, que je rapporterai, ont été faites avec son concours obligeant et éclairé.

J'espère prouver dans ce travail :

1° Que la *vessie saine* n'absorbe pas d'une façon appréciable les substances médicamenteuses ou toxiques ;

2° Que l'*urèthre sain* les absorbe parfaitement bien ;

3° Que la *vessie enflammée* les absorbe d'une façon très-notable ;

4° Que *dans la thérapeutique* on peut mettre à profit cette propriété d'absorption par la vessie enflammée, avec un avantage réel, à la condition de prendre certaines précautions.

J'ai dit déjà que certains auteurs avaient bien annoncé que la vessie saine n'absorbait pas les substances médicamenteuses ou toxiques ; mais, ne sachant pas pourquoi d'autres, dans leurs expériences, avaient cru voir cette propriété d'absorption, ils n'ont pu faire partager leur conviction ; on se méfiait d'autant plus de leurs assertions que certains faits pathologiques plaidaient en faveur de l'absorption, et on tendait à conclure quand même de la vessie malade à la vessie saine.

Ceux qui n'admettent pas l'absorption par la vessie saine ont invoqué, pour expliquer les faits contradictoires, les déchirures de la muqueuse vésicale ; mais ce n'est pas là la cause réelle. En effet, il m'est arrivé plusieurs fois, tantôt involontairement, tantôt volontairement, et pendant que j'avais le doigt sur la vessie mise à nu, sur des chiens, de frotter même assez fortement la muqueuse avec le bout de ma sonde, sans que pour cela il y eût de l'absorption.

L'écueil, le véritable écueil, c'est l'urèthre qui absorbe très-bien les substances toxiques, et ceux qui, dans leurs expériences sur des vessies saines, ont constaté de l'absorption, ont permis à l'urèthre, dont ils ne se méfiaient pas, d'absorber leurs substances.

Il n'est pas difficile, une fois prévenu, de voir que c'est bien là la cause d'erreur.

M. Ségalas fils, dans sa thèse (citée plus haut), reprend pour les confirmer les expériences de son père ; comme il expérimente sous sa direction, il s'est probablement placé dans les mêmes conditions. Sur 21 expériences sur la vessie, 8 fois l'absorption a été nulle, et il ne donne pas l'explication de ces expériences contradictoires. M. Ségalas donne très-peu de détails sur ses expériences, mais, dans plusieurs, il parle de la ligature de l'urèthre comme d'un procédé habituel. C'est probablement au méat qu'il liait le canal, car il n'ouvre pas l'abdomen dans ses expériences, et ce n'est guère qu'au col ou au méat qu'on est tenté de placer une ligature chez le chien ou chez le lapin.

M. Ségalas ne s'est donc pas garé de l'urèthre, et, en effet, dans plusieurs de ses expériences, il note que l'urine s'échappe de la vessie ; dans son expérience n° 34, une des plus détaillées, il y a : injection de 2 centigrammes de strychnine, distension de l'urèthre derrière la ligature ; il s'échappe un peu de liquide ; une deuxième ligature est appliquée, nouvelle distension ; enfin, première convulsion treize minutes après l'injection.

M. Bert qui, ainsi que nous l'avons vu, avait cru à l'absorption d'après ses expériences, me dit, dès que je lui fis part de mes soupçons à l'égard de l'urèthre, que lui aussi avait lié le méat sur la sonde.

D'un autre côté, M. Suzini qui, lui, avait bien vu que la muqueuse vésicale à l'état sain n'absorbait pas, expérimentait sur l'homme qui conserve volontairement l'injection dans sa vessie ; il échappa ainsi à l'absorption par l'urèthre.

Jusqu'à présent, je n'ai parlé que des causes d'erreur

des autres, il est temps que je dise deux mots de l'opinion que j'ai soutenue dans le *Bulletin de thérapeutique* (30 décembre 1868) ; en effet, d'après mes observations cliniques (je les rapporterai plus loin), j'avais cru pouvoir conclure à l'absorption, et par la vessie malade, et par la vessie saine ; comme on le voit, j'ai singulièrement modifié mon opinion.

Aussi, dans ma première expérience, sur un chien à vessie saine, lorsque l'absorption se manifesta, je crus tout d'abord que l'expérience directe concordait avec l'observation clinique ; je me demandais cependant pour plusieurs raisons si j'avais bien pénétré jusque dans la vessie, et si le liquide n'avait pas touché seulement l'urèthre ; n'était-ce point dès lors une expérience manquée ? Le lendemain, deuxième expérience, la sonde est sûrement introduite dans la vessie : résultat négatif. Cette contradiction me fit réfléchir ; en rassemblant mes souvenirs, il me parut de plus en plus probable que mes doutes de la veille étaient parfaitement fondés, et que les conditions de ma première expérience modifiaient singulièrement la valeur du résultat ; mais alors elle devenait pour moi l'origine de cette idée nouvelle, que l'urèthre pouvait bien être la cause de toutes les erreurs.

Tous mes efforts devaient donc être dirigés dans ce sens. Il me fallait prendre une substance dont on pût facilement constater l'absorption, l'injecter dans la vessie, en empêcher soigneusement le passage dans l'urèthre, observer les effets ; puis, s'il n'y avait pas absorption, faire passer dans l'urèthre ce même liquide, ou bien y en injecter directement une dose égale, en ayant soin d'exclure toute possibilité d'absorption ultérieure par la vessie.

Chez le chien, j'ai trouvé toutes les conditions nécessaires pour ces expériences.

Pour faire l'expérience complète, il est indispensable de lui ouvrir le ventre et de mettre à nu la vessie et la première partie de l'urèthre.

On voit alors qu'il y a entre la vessie et la prostate une portion d'urèthre longue d'un centimètre environ, que l'on peut facilement lier sur une sonde; et, par une heureuse disposition des vaisseaux vésicaux, on évite sûrement et facilement de les comprendre dans la ligature, ce qui était de première importance, bien entendu, au point de vue de l'absorption. Quelques petits vaisseaux se rendent à la vessie par en haut dans l'épaisseur des replis péritonéaux; ceux-là ne sont pas en jeu du tout; les principaux viennent des iliaques internes, se dirigent transversalement vers le col de la vessie, mais, arrivés à deux ou trois centimètres du col, ces vaisseaux se bifurquent : une branche se dirige en haut vers le corps de la vessie, l'autre en bas, en avant de la prostate, de sorte que, en considérant les vaisseaux des deux côtés, ils forment un losange, dont la diagonale est représentée par l'urèthre.

Ainsi, après la ligature de l'origine de l'urèthre, toute la circulation vésicale est parfaitement libre ; la démonstration directe peut se faire en injectant du bleu de Prusse par l'aorte : immédiatement toute la vessie se colore en bleu.

La même disposition anatomique existe chez le lapin.

La disposition de l'urèthre chez la chienne la rend impropre à l'expérience complète.

Ire Expérience.

Je me suis longuement expliqué sur ma première expérience (page 10); je n'y reviens pas.

IIe Expérience.

29 juin 1870.

Chien de taille moyenne; a un peu mangé à neuf heures du matin.

3 heures 38. Injection dans la vessie de un demi-centigr. de sulfate de stryehnine (solution au 1/100e). L'injection est faite à l'aide d'une seringue de Pravaz et d'une petite sonde élastique dont le calibre est connu d'avance; la sonde pénètre bien dans la vessie et donne passage avant l'injection à quelques gouttes d'urine (acide). La sonde est ensuite retirée.

3 h. 46. L'animal se plaint un peu et se débat, mais pas de secousses stryehniques à la percussion; il se calme au bout de quelques instants.

3 h. 53. Pas de secousses.

4 h. 24. Rien, pas de secousses; nouvelle injection de 1 centigramme de stryehnine.

4 h. 30. Rien, pas de secousses ni spontanées ni provoquées.

6 h. Rien. Ce chien n'a pas uriné depuis le commencement de l'expérience.

30 juin, lendemain, je le retrouve au laboratoire. Ce chien avait eu les artères crurales et une des carotides ouvertes pour d'autres expériences; les manœuvres de la veille ont rouvert les plaies, et il a perdu beaucoup de sang. Il est nécessaire de le sacrifier; nous en profitons pour constater si notre solution de stryehnine est bonne, et nous lui en faisons une injection hypodermique de 1 centigramme. Au bout de quelques minutes, il a des secousses stryehniques (tétaniques), et bientôt une attaque complète, puis une seconde à laquelle il succombe, le tout en vingt minutes.

IIIe Expérience.

30 juin 1870.

Jeune chien, taille moyenne, bien portant.

2 heures 10. Injection dans la vessie de 1 centigramme de strychnine (même solution qui a tué le chien précédent). Cathétérisme facile; quelques gouttes d'urine (acide) sortent par la sonde avant de faire l'injection.

La sonde est retirée.

2 h. 40. Rien, pas de phénomène strychnique, pas de secousses.

2 h. 50. Pas de secousses.

3 h. 20. N'est pas intoxiqué; pas de secousses, ni spontanées ni provoquées. Je ferai remarquer que les secousses strychniques ou tétaniques, lorsqu'elles existent, sont caractéristiques, rien ne peut les simuler.

3 h. 35. Rien. A l'aide d'une sonde plus volumineuse, nous vidons la vessie, puis la lavons avec de l'eau simple. Le chien, relâché à 4 h. 5, se remet rapidement des fatigues d'avoir été attaché. Il n'avait pas uriné pendant l'expérience.

IVe Expérience.

1er juillet 1870.

Même chien que pour l'expérience 3. Il urine abondamment au moment de l'attacher (urine acide).

1 heure 40. Injection dans la vessie de 5 centigrammes de sulfate d'atropine (solution reconnue bonne quelques jours auparavant). L'injection est faite comme dans les expériences précédentes, c'est-à-dire sans ouvrir le ventre et sans laisser la sonde à demeure.

Pupilles normales.

Nous examinons les pupilles ensuite toutes les cinq minutes environ, sans constater la moindre dilatation anormale.

Nous ferons remarquer que, chez les chiens en expérience, dès qu'on les excite, les pupilles se dilatent un peu, mais momentanément, et reviennent après à leur état normal.

Deux heures après le commencement de l'expérience, ce chien

n'ayant pas de dilatation anormale des pupilles, nous le détachons.

Ve Experience.

2 juillet 1870.

Même chien que dans les deux expériences précédentes ; il n'a pas de dilatation anormale des pupilles.

Avant de faire l'injection dans la vessie, nous la mettons à nu par une incision du ventre, puis nous plaçons la sonde dans la vessie et nous lions l'urèthre dessus, à l'aide d'un fil plat, au niveau du col.

2 heures 47. Injection dans la vessie de 1 centigramme de sulfate de strychnine (solution au 1/50ᵉ).

La vessie avait été préalablement vidée (urine acide). Ce chien a un peu mangé vers dix heures ce matin.

3 h. 17. Rien.

3 h. 45. Rien. Pas de secousses.

4 h. 35. Pas de secousses, ni spontanées ni provoquées ; par conséquent aucun signe d'intoxication près de deux heures après l'injection.

Nous vidons alors la vessie et nous la lavons par des injections d'eau simple. Nous attirons ensuite l'extrémité de la sonde dans l'urèthre ; nous plaçons une nouvelle ligature au col, un peu en avant de la première, dans le but, cette fois, d'empêcher le liquide de passer dans la vessie ; le méat est ensuite lié sur la sonde. Nous faisons alors, dans l'urèthre, un peu en avant de la prostate, une injection de 1 centigramme de strychnine.

A peine cinq minutes se sont-elles écoulées, que le chien éprouve des secousses spontanées, puis, au plus léger attouchement des secousses violentes. Trois ou quatre minutes plus tard, il a une attaque complète de convulsions tétaniques des plus violentes, à laquelle il semble devoir succomber ; mais il revient, puis, un instant après, il a une nouvelle attaque et succombe bientôt après.

A l'autopsie, nous constatons qu'il n'y a aucune éraillure appréciable de la muqueuse.

J'ai expliqué ailleurs la disposition des vaisseaux vésicaux qui assure leur intégrité dans la ligature du col.

VI⁰ Expérience.

7 juillet 1870.

Chienne de taille moyenne.

La vessie est mise à nu ; nous la ponctionnons avec un trocart capillaire et la vidons en grande partie de son urine (acide).
Une ligature est placée sur l'urèthre, au niveau du col ; la canule
du trocart est fixée provisoirement dans la vessie à l'aide d'un fil
plat par un nœud simple. Nous faisons alors, à 3 *heures* 37, une
injection de 1 centigramme de strychnine (sol. au 1/50). La canule est alors retirée, et le fil qui la maintenait est serré derrière
elle en la retirant. L'injection est ainsi isolée dans la vessie.

Jusqu'à cinq heures, nous observons, sans constater le
moindre phénomène toxique; pas de secousses ni spontanées,
ni provoquées.

Nous aurions voulu alors expérimenter sur l'urèthre, mais
nous constatons que la portion de l'urèthre restant chez la
chienne est beaucoup trop courte pour les manœuvres. Nous vidons alors le contenu de la vessie dans le péritoine, et l'animal
est pris rapidement de convulsions.

VII⁰ Expérience.

Le 9 juillet 1870.

Lapin adulte, taille moyenne.

La vessie est mise à nu, et une ligature placée au col. Nous
ponctionnons la vessie, comme dans l'expérience précédente, et
nous laissons écouler presque toute l'urine (faiblement alcaline).
Nous avons préféré ponctionner la vessie parce que, dans une
expérience antérieure sur un lapin, nous avions fait fausse route
dans l'urèthre avec la sonde.

A 3 heures, nous injectons 1 centigramme de strychnine,
et nous retirons la canule comme précédemment.

Il n'y eut aucun phénomène d'intoxication, et à 4 heures
15 m. nous passons une ligature en masse autour de la vessie,
près du col, mais de manière à comprendre tous les vaisseaux
et empêcher toute possibilité d'absorption ultérieure.

Une sonde est alors introduite dans l'urèthre, et le méat lié
dessus. Une injection de 1 centigramme de strychnine est alors
poussée dans l'urèthre, la sonde bouchée et laissée en place.

Quatorze minutes après, le lapin a quelques secousses spontanées, et vingt minutes après l'injection, une attaque tétanique complète, à laquelle succèdent quelques-unes plus faibles; l'animal succombe au bout de quatre à cinq minutes.

A l'autopsie, nous n'avons pu constater aucune érosion de la muqueuse.

VIIIe EXPÉRIENCE.

16 juillet 1870.

Jeune chien loulou, taille moyenne, ayant mangé ce matin vers neuf heures.

Une sonde est passée dans la vessie, puis nous ouvrons le ventre et lions l'urèthre sur la sonde, au niveau du col. L'urine acide est alors évacuée.

Les pupilles sont normales, et l'iris mobile.

1 h. 50. Injection de 5 centigrammes d'atropine (solution au 1/50ᵉ); l'injection est faite en prenant les plus grandes précautions : la sonde est bouchée, de façon que rien ne puisse suinter au dehors, et on évite de toucher aux yeux avec les doigts.

2 h. 14. Pas de dilatation des pupilles; rien ne suinte de la sonde.

2 h. 30, 2 h. 50. Rien, pas la moindre dilatation anormale des pupilles.

Nous attirons alors la sonde de la vessie; elle reste dans l'urèthre, mais le méat est lié et la sonde bouchée; la vessie communique alors librement avec l'urèthre, mais elle ne se contracte pas de suite, et ce n'est qu'à 3 heures que, l'ayant excitée avec le doigt, elle se contracte énergiquement et chasse son contenu dans l'urèthre.

Cinq minutes après, les pupilles se dilatent notablement, et, cinq minutes plus tard, il y a dilatation complète; l'iris est presque effacé.

Telles sont les expériences que j'ai faites chez les animaux, sur des vessies et des urèthres sains.

Voici maintenant une expérience que j'ai faite sur moi-même; elle est très-importante pour moi, parce que je puis la rapprocher de l'observation 6 que j'avais recueillie chez M. Guyon et publiée en 1868 (*loc. cit.*), dans laquelle la jeune fille m'avait induit évidemment en erreur.

Le 22 juin 1870, étant dans l'état normal, après avoir uriné, je me suis fait injecter dans la vessie 5 centigrammes de chlorhydrate de morphine (solution au $1/10^e$). L'injection est faite à l'aide d'une petite sonde et de la seringue de Pravaz.

Je n'ai eu aucune conscience de la présence du liquide dans la vessie.

Quelques explications sont ici nécessaires. Je suis très-sensible à la morphine; je me suis fait fréquemment des injections sous-cutanées, à des doses variables ; je connais parfaitement toutes les sensations dues à l'absorption de la morphine. Par l'estomac, je reconnais parfaitement l'absorption de 1 centigramme. Quelques jours avant de faire l'expérience que je rapporte, je me suis fait une injection sous-cutanée de 2 milligrammes et demi de morphine, et dix minutes après, j'ai commencé à éprouver les phénomènes caractéristiques de l'absorption. Par conséquent j'étais dans de bonnes conditions pour faire l'expérience.

J'ai donc fait injecter dans ma vessie 5 centigrammes de morphine. Je me suis observé alors avec le plus grand soin. Si l'on veut bien examiner la date de cette expérience (22 juin 1870), on verra qu'à ce moment je croyais à l'absorption (quoique faible) par la vessie saine.

J'ai gardé l'injection pendant une heure et demie sans avoir pu constater le moindre phénomène d'absorption.

Le reste de la journée je n'ai pas ressenti le plus petit effet toxique.

M. Suzini avait aussi expérimenté sur lui-même, et nous voyons dans sa thèse (Strasbourg, 1867) qu'il s'est injecté de l'iodure de potassium, à la dose de 4, 6 et 10 grammes, de la belladone, du cyano-ferroso-potassique, sans avoir constaté la moindre absorption.

Il me restait pour compléter mes expériences, à examiner l'urèthre sain chez l'homme. Pensant que ce serait chose facile, j'ai négligé de le faire de suite, puis l'occasion m'a manqué; j'avais cependant fait deux ou trois expériences qui m'avaient donné des résultats négatifs. J'ai voulu alors expérimenter sur moi-même, et il y a quelques jours, je me suis injecté dans l'urèthre 3 centigrammes de cyano-ferrure de potassium (solut. au 1/50e); j'ai reconnu alors que le procédé opératoire que j'avais employé jusque-là était mauvais, et que ces expériences ne doivent pas se faire sur l'homme par des injections. En effet, quoique j'eusse pris la précaution de porter l'injection, à l'aide de la sonde, à une profondeur de 10 centimètres, dès que je l'eus retirée, je constatai que le liquide était refoulé par les contractions de l'urèthre jusque près du méat, et qu'il venait distendre la fosse naviculaire ; on peut bien refouler le liquide et le maintenir dans un point plus profond du canal, mais tout s'accumule immédiatement derrière le point comprimé et vient distendre le canal ; on se place donc, je crois, dans de mauvaises conditions ; est-ce pour cela que je n'ai pas eu d'absorption ? Car j'ai inutilement recherché le cyanure dans ma salive. Il faudra donc, si l'on veut faire cette expérience, employer un autre procédé.

Après avoir écrit ces lignes, j'ai voulu tenter une dernière fois l'expérience, en changeant le procédé opératoire ; je fis alors l'expérience suivante :

14 janvier 1871.

Vers 9 heures du soir j'introduis profondément, dans mon urèthre, une bougie à boule, enduite d'un peu de pommade contenant 2 centigrammes de chlorhydrate de morphine ; mais, ne pouvant pas supporter la bougie, je la retire presque aussitôt.

9 h. 1/2. J'introduis alors dans l'urèthre une petite mèche, enduite de même de pommade contenant 2 centigrammes de morphine ; je ne puis pas la faire pénétrer à plus de 5 centimètres.

10 h. 22. Je ressens un commencement d'engourdissement et d'incertitude dans les mouvements des bras et un peu d'étourdissement.

10 h. 50. L'engourdissement est plus marqué, mais il y a loin de là à ce qu'il faudrait pour une expérience valable. Je retire alors la mèche de l'urèthre.

11 h. Je triture dans un peu de pommade 10 gouttes de laudanum, et, à l'aide de la seringue de Pravaz (grand format), et une petite sonde, le tout chauffé, ainsi que la pommade, afin de la ramollir, je parviens à pousser profondément dans l'urèthre une certaine quantité de la pommade ; en défalquant ce qui pouvait rester dans la sonde, je pense avoir déposé la valeur de 6 ou 7 gouttes de laudanum dans l'urèthre.

11 h. 1/2. L'étourdissement est bien plus net, ainsi que l'incertitude des mouvements.

Minuit. Jusqu'ici j'étais resté assis et tranquille, mais en me levant pour marcher, l'étourdissement devient très-net, la démarche est incertaine; ces phénomènes deviennent plus marqués à mesure que je me promène.

Minuit un quart. Il ne peut pas y avoir le moindre doute, je suis bien intoxiqué. L'étourdissement est très-marqué et l'incertitude de la marche bien nette; même étant assis à présent, l'étourdissement est parfaitement manifeste et devient de plus en plus marqué, j'ai peine à écrire.

Minuit et demi. L'étourdissement devient de plus en plus marqué, et je suis obligé de faire bien attention en marchant pour ne pas tituber.

L'expérience me paraissant bien décisive, je me couche à 1 heure.

Du reste, l'été dernier, lorsque je faisais mes expériences sur les chiens, un des élèves de Michon s'est trouvé au laboratoire, et il m'a dit que, dans le service de Michon autrefois, on avait l'habitude d'employer, au lieu d'huile, pour graisser les sondes, du cérat belladonné, et que fréquemment il y avait des phénomènes d'intoxication, de dilatation des pupilles chez les malades. Je n'ai rien trouvé d'écrit à ce sujet.

· Si maintenant on rapproche toutes ces expériences, celles que j'ai faites sur les animaux, sur moi-même et celles de M. Suzini, il en ressortira d'une façon bien évidente, et je pense qu'il ne peut rester le moindre doute à ce sujet, qu'à l'état sain, la vessie, pas plus chez l'homme que chez le chien ou chez le lapin, n'absorbe, d'une façon appréciable, ni la strychnine, ni l'atropine, ni l'iodure de potassium, ni le cyano-ferroso potassique, ni la morphine; mais que l'urèthre sain, chez le chien, chez le lapin et chez l'homme, a très-bien absorbé la strychnine, l'atropine et l'opium (les autres substances n'ont pas été expérimentées).

Je pense, de plus, que les substances employées dans ces expériences ont été suffisamment variées pour autoriser à généraliser ce fait et à dire :

Que la vessie saine n'absorbe pas les substances médicamenteuses ou toxiques d'une façon appréciable, mais que l'urèthre sain les absorbe très-bien.

Ce principe bien établi, j'ai voulu voir comment la vessie enflammée se comporterait en présence de ces substances; cliniquement, d'après mes observations, j'avais cru voir qu'elle les absorbait, mais en proportion relativement faible; il me fallait la sanction d'une expérimentation précise.

M. Demarquay a étudié l'absorption par la vessie, chez l'homme, et sur des vessies saines, dit-il. Il employa l'iodure de potassium ; sur 16 cas qu'il rapporte (*Union méd.*, 1867 ; 21ᵉ année, n° 2), il y a eu, dans la moitié, absence totale d'absorption, et dans l'autre moitié absorption plus ou ou moins rapide, et en quantité plus ou moins grande.

Mais M. Demarquay observait chez des individus qu'il traitait, en même temps, pour des rétrécissements de l'urèthre, et chez lesquels il passait chaque matin des bougies.

Or, quand un rétrécissement de l'urèthre est assez prononcé pour forcer les malades à réclamer les soins du chirurgien, trop souvent, hélas ! la vessie est souffrante aussi.

J'espère qu'il ressortira de mon travail que, dans les observations de M. Demarquay, les cas où il y a eu absorption sont ceux où la vessie était malade.

En effet, nous avons démontré déjà que la vessie saine n'absorbait pas; nous allons maintenant examiner la vessie malade.

J'ai enflammé les vessies de mes chiens en y injectant une dizaine de gouttes de teinture de cantharides ; les autopsies, ainsi que nous le verrons, ont montré qu'elles étaient bien enflammées.

IXᵉ Expérience.

12 juillet 1870.

Injection dans la vessie d'un petit chien loulou de 10 gouttes de teinture de cantharides. Avant de faire l'injection, nous vidons avec une sonde, la vessie de 5 grammes d'urine (acide) environ ; la pression sur le ventre n'en fait pas sortir davantage ; nous injectons alors 15 grammes d'eau, puis les 10 gouttes de teinture de cantharides. Le chien est maintenu attaché sur le dos, il garde l'injection pendant une demi-heure, puis en rend une partie ; il est alors détaché.

Le 13 (lendemain). Le chien saute, court, est très-éveillé, n'a pas l'air de souffrir. Nous l'attachons et nous ouvrons le ventre ; la vessie, à l'extérieur, paraît saine.

Nous introduisons une sonde dans la vessie et plaçons une ligature au col ; l'urine est évacuée.

2 heures 40. Injection dans la vessie de 5 centigrammes de sulfate d'atropine (solution au 1/50ᵉ). Les pupilles sont normales.

A 3 heures 5 (nous n'avons pas regardé plus tôt), nous trouvons les pupilles complétement dilatées.

3 heures 17. Nous vidons la vessie et la lavons, puis nous y injectons 1 centigramme de strychnine.

3 heures 37. Le chien paraît plus excitable.

3 heures 55. Respiration haletante, et la percussion sur la table provoque des secousses, puis une attaque tétanique incomplète.

4 heures. N'a toujours que des attaques incomplètes.

4 heures 10. Depuis, ces attaques tétaniques sont devenues plus fortes et surviennent spontanément.

4 heures 25. Les attaques sont plus fortes, l'animal se roidit fortement en opisthotonos, mais les attaques sont de courte durée. Cet état continue jusqu'à 4 heures 32 ; à ce moment nous ouvrons la vessie, pour laisser écouler le contenu dans le péritoine, et nous constatons que les deux yeux de la sonde sont bien dans la vessie, que par conséquent toute l'injection a bien été dans la vessie. Les convulsions continuent comme précédemment, puis, au bout de 5 minutes, il a une attaque très-violente et prolongée, suivie de quelques autres, et l'animal succombe au bout de 4 ou 5 minutes.

Autopsie de la vessie. La vessie, qui paraissait saine à l'extérieur, offre, à l'intérieur, les traces d'une inflammation violente. Elle diffère complétement de toutes les vessies saines que nous avions examinées précédemment, et qui offraient une coloration grisâtre générale. Je décrirai avec quelques détails cette vessie, parce qu'elle me servira de terme de comparaison et évitera des redites inutiles.

D'une façon générale, coloration plus foncée qu'à l'état normal ; la muqueuse est *violacée*, comme *ardoisée ;* elle présente des particularités très-différentes, suivant que l'on considère l'une ou l'autre face.

1° Face supérieure (le chien supposé couché sur le dos). Congestion très-grande ; il y a un grand nombre de points ecchymotiques, variant d'étendue d'une tête d'épingle à 4 ou 5 millimètres.

2° Face inférieure (on se rappelle qu'après l'injection de cantharides le chien est resté sur le dos pendant une demi-heure). Outre des ecchymoses comme sur l'autre face, il y a, sur une étendue de 1 à 1 centimètre et demi, une coloration jaunâtre, feuille morte terne ; ailleurs ce sont des plaques ardoisées ; il existe, de plus, trois tumeurs fusiformes de 1 à 1 centimètre et demi de longueur, noirâtres, formées par un épanchement de sang dans l'épaisseur et peut-être au-dessous de la muqueuse.

J'ajouterai, par anticipation, que, chez un autre chien, qui avait été mis sur ses pattes après l'injection de cantharides, les lésions les plus marquées se trouvaient sur l'autre face, devenue partie déclive ; de plus, chez deux autres, nous avons trouvé en outre des fausses membranes jaunâtres.

Xᵉ EXPÉRIENCE.

14 juillet 1870.

Chien loulou, bien portant, un peu au-dessous de la taille moyenne. Injection de 15 grammes d'eau, puis de dix gouttes de teinture de cantharides. Au bout de cinq minutes, le chien urine abondamment. Nous poussons alors dans la vessie, sans injection d'eau préalable, 5 nouvelles gouttes de teinture. Le chien est détaché de suite et mis sur ses pattes ; pendant une demi-heure qu'on l'observe, il garde ses urines.

15 juillet. Le chien a refusé de manger ce matin. Au moment de l'attacher, il urine abondamment.

L'urine acide, a un aspect louche, roussâtre, sale.

Nous mettons la vessie à nu, une sonde y est introduite et une ligature placée au col.

2 heures 28 m. Injection de 2 centigr. et demi d'atropine (sol. au 1/50ᵉ) dans la vessie. Les plus grandes précautions sont prises, la sonde restée en place est parfaitement bouchée, on ne touchera pas aux yeux.

2 heures 35 m. (7 minutes après). Les pupilles, qui étaient normales avant l'injection, sont complétement dilatées. La sonde était restée parfaitement bouchée, rien n'a suinté au dehors.

2 heures 40 m. Injection de 2 centigr. de strychnine dans la vessie.

2 heures 50 m. (10 minutes après). Attaque tétanique complète.

3 heures. Mort.

Autopsie. — La vessie, ouverte en place, fait voir que les deux ouvertures de la sonde sont bien à l'intérieur. Il est bien entendu que la ligature du col a été assez serrée pour empêcher toute communication avec l'urèthre.

La vessie est très-enflammée, mais seulement sur sa paroi supérieure (le chien supposé couché sur le dos). On se rappelle que ce chien a été mis sur ses pattes après l'injection de cantharides.

Dans la vessie se trouve un peloton de fausses membranes, jaune roussâtre, couleur de feuille morte. Ce peloton, examiné au microscope, a présenté des granulations graisseuses très-nombreuses, des globules sanguins et un peu d'épithélium pavimenteux granuleux.

XIᵉ Expérience.

14 juillet 1870.

Chien jeune, bien portant, gros et très-vigoureux.

Sans vider la vessie, et sans injection d'eau préalable, nous injectons dans la vessie dix gouttes de teinture de cantharides.

Il est probable qu'il y a une grande quantité d'urine dans la vessie, car la sonde pénètre très-profondément.

Il est de suite détaché et reste couché tranquillement.

15 juillet. Ce chien a bien mangé ce matin. La vessie est mise à nu, elle est extrêmement vaste; sans la vider compléte-

ment, et après avoir lié le col sur la sonde, nous y injectons à 3 heures 41 m. 1 centigr. de strychnine. Nous observons ce chien jusqu'à 4 heures 45 m., sans avoir constaté de phénomènes d'intoxication.

A ce moment, nous ouvrons la vessie, pour laisser écouler le liquide dans le péritoine.

Sept ou huit minutes après, l'animal a des secousses strychniques, spontanées et provoquées.

5 heures. Il n'a eu jusqu'ici que des attaques incomplètes.

6 heures. Pensant qu'il pourra traîner longtemps avec ces attaques incomplètes, nous le sacrifions en enfonçant un scalpel dans le cœur.

Autopsie. — La vessie, très-vaste, est enflammée, mais notablement moins que les deux précédentes, et seulement à sa face supérieure (chien couché sur le dos). Là existe une injection très-considérable, avec des ecchymoses, et il n'y a qu'une seule tumeur sanguine. L'autre paroi est normale. Nous avions trouvé une fausse membrane roussâtre dans l'urèthre, prête à sortir et pendante à moitié dans le prépuce.

XIIe Expérience.

18 juillet 1870.

Petit chien loulou, tout jeune, bien portant.

3 heures 26. Nous injectons *dans l'urèthre,* en liant le méat sur la sonde, laissée en place, 4 à 4 1/2 centigrammes d'atropine. Les pupilles sont normales.

3 heures 31 m. (5 minutes après). Les pupilles sont largement dilatées, les iris presque complétement effacés.

3 heures 45 m. Nous le détachons et nous nous apercevons qu'il est fortement intoxiqué. Il lui est impossible de se tenir sur les pattes, il ne peut pas faire plus d'un pas ou deux; il s'aplatit contre terre. La respiration est des plus accélérées, haletante, son cœur battant avec une vitesse extrême.

Nous injectons alors sous la peau, en deux fois, 10 centigrammes de chlorhydrate de morphine.

Il essaie de marcher bientôt après, mais ne parvient pas à faire plus de quelques pas. Cependant, quoiqu'il ne se soit écoulé que quelques moments depuis l'injection de morphine, il semble déjà pouvoir mieux se tenir. Bientôt il vomit abondamment.

puis reste couché, toujours haletant. Les pupilles sont toujours complétement dilatées. Il reste encore très-malade jusqu'à 6 heures ; la respiration a fini alors par devenir assez calme.

19 juillet. Hier, avant de détacher ce chien, nous avions injecté dans la vessie 10 gouttes de teinture de cantharides. Nous mettons la vessie à nu ; nous y introduisons une sonde et plaçons une ligature au col.

3 heures 22. Nous injectons dans la vessie 1 centigramme de strychnine (solut. au 1/50ᵉ).

3 heures 38. On provoque des secousses strychniques par la percussion sur la table.

4 heures 5. Secousses spontanées ; les attouchements provoquent des secousses plus fortes.

4 heures 10. Les secousses deviennent plus fortes, spontanées et provoquées.

4 heures 30. Les secousses sont toujours bien marquées, mais il ne paraît pas devoir présenter d'attaque complète, au moins pour le moment.

Nous ouvrons alors la vessie pour en vider le contenu dans le péritoine.

4 heures 45. Les secousses sont plus fortes, mais pas d'attaque complète.

Ce petit chien paraît assez épuisé par les expériences d'hier et d'aujourd'hui, et même, en lui injectant 1 centigramme de strychnine sous la peau, nous ne produisons pas d'attaque plus forte que celles qu'il avait déjà.

A 5 heures, nous le tuons en enfonçant un scalpel dans le cœur.

Autopsie. — La vessie est très-enflammée dans sa paroi supérieure (le chien couché); toute la muqueuse, du reste, est ardoisée, violacée, bien différente de la teinte gris cendré de la vessie saine. Sur la paroi supérieure, il y a des ecchymoses et des tumeurs sanguines. L'urine était brunâtre, louche; elle était, du reste, comme hier avant l'injection d'atropine, très-faiblement acide, rougissant à peine le papier bleu de tournesol.

Dans les expériences précédentes sur des vessies enflammées, nous voyons donc, sauf dans un cas, l'absorption de la strchynine et de l'atropine se faire en proportions très-notables.

Pourquoi, dans l'expérience 11, l'absorption ne s'est-elle pas manifestée ? Sans en pouvoir donner l'explication exacte, nous ferons remarquer que, dans ce cas, il s'agissait d'un chien beaucoup plus vigoureux et plus gros que les autres, que sa vessie était notablement moins enflammée que dans les autres cas ; qu'elle n'était pas complétement vidée avant l'injection (les observations cliniques nous ont appris à regarder l'évacuation préalable de la vessie comme une condition des plus importantes), et qu'enfin le contenu versé même dans le péritoine n'a produit que des attaques incomplètes.

Dans tous les cas je crois que les autres expériences sont trop concluantes pour qu'on ne puisse pas négliger ce cas particulier et regarder comme bien démontré par des expériences directes que la vessie enflammée absorbe les substances toxiques en proportions bien notables.

C'était bien là la conclusion que nous avions tirée avec M. Guyon de nos observations cliniques.

Ces expériences doivent avoir une importance très-grande, puisqu'elles démontrent directement l'exactitude d'un fait très-contesté.

L'absorption des médicaments par la vessie malade ayant été mise en doute, ou niée, peu à peu des médecins ont à peu près abandonné ce moyen thérapeutique, du moins comme moyen pratique et efficace ; car, s'il est vrai que l'on fait encore des injections opiacées dans la vessie, dans des cas de cystite, c'est sous une forme qui ne donne aucun avantage réel ; aussi est-ce plutôt par habitude que par conviction que l'on continue à les employer.

C'est que les injections opiacées, dans la vessie enflamméc, pour être utiles doivent être faites d'une certaine façon. Il faut injecter dans la vessie vide une forte dose du médicament, 3, 4, 5 centigrammes de morphine une ou plusieurs fois par jour, dissous dans une très - faible quantité de véhicule. C'est alors que l'on arrive à des résultats auxquels on était loin de songer, ainsi qu'on le verra dans nos observations. Je n'ai trouvé qu'un médecin qui ait signalé cette façon d'agir, c'est M. Hicks, de Londres (*loc. cit.*). Aussi c'est le seul que j'aie vu annoncer les bienfaits qu'on peut retirer des injections opiacées.

Il est intéressant de rapporter ici l'observation suivante de M. le professeur Küss de Strasbourg (relatée dans la thèse de M. Suzini.)

M. Küss traitait un vieillard calculeux, ayant un catarrhe vésical avec ténesme. Il fit dans la vessie des injections d'infusion de racine de belladone pendant trois jours, il n'y eut pas le moindre accident toxique, pas de dilatation de la pupille. Aussi n'y eut-il nul bénéfice pour le malade, dit-il. Il y fut substitué alors une solution filtrée d'une partie d'opium dans cent parties d'eau, injectée après chaque miction ; il n'y eut aucun effet toxique général, mais le vieillard ne tarda pas à se plaindre d'un engourdissement dans la région périnéale et de la perte totale du besoin d'uriner, ce qui l'inquiéta plus fort que le ténesme dont il était précédemment affligé.

Nous verrons dans les observations qui vont suivre que la diminution de la douleur et de la fréquence dans les envies d'uriner est le résultat ordinaire que nous avons obtenu par les injections opiacées dans les vesssies malades, et je crois que, lorsque M. Suzini et M. le professeur Küss ont refusé d'accepter l'absorption de l'opium dans ce fait, ils se sont laissé entraîner par les expériences si précises d'ailleurs de M. Suzini, et ils n'ont pas tenu compte que dans un cas il s'agissait de la vessie malade, et dans l'autre de la vessie saine.

Du reste, nous allons voir (Obs. 6), que moi aussi en 1868 j'avais tiré des conclusions évidemment erronées d'une observation que je croyais alors bien concluante.

Je vais maintenant rapporter les observations que j'avais recueillies dans le service de M. Guyon, et publiées dans le *Bulletin de thérapeutique* du 30 décembre 1868.

Dans ces observations, les *gouttes* dont il est question contiennent chacune 2 milligrammes de chlorhydrate de morphine ; la vessie est toujours préalablement vidée, et les *gouttes* introduites à l'aide d'une petite sonde à boule perforée et de la seringue de Pravaz (grand format).

OBSERVATION Ire.

La nommée N..., âgée de 45 ans, entre le 16 février 1868. Elle a une cystite qui date de cinq mois, et depuis six semaines elle dit ne pas pouvoir prendre la position horizontale ; elle est presque complétement privée de sommeil, aussi est-elle très-maigre et présente-t-elle un faciès très-souffrant.

Le premier jour, injection de 30 gouttes, par conséquent 6 centigrammes dans la vessie préalablement vidée, mais sans soulagement.

Le deuxième jour, la même quantité procure un léger soulagement des douleurs.

Le troisième jour (18 février), elle n'a pas eu d'injection le matin, et dit avoir beaucoup souffert l'après-midi ; le soir (cinq heures), 6 centigrammes l'ont calmée très-notablement jusque vers minuit, et pendant la nuit elle n'a uriné que dix fois, tandis qu'avant son entrée elle urinait quarante à cinquante fois dans la nuit.

Le 21, injection de 30 gouttes : une demi-heure après elle a eu des symptômes de narcotisme ; congestion de la face, de la somnolence et un peu de divagation dans ses paroles ; elle ressemblait, disaient ses voisines, « à une femme ivre ; » cela a duré jusque vers trois heures.

Le même soir elle a une injection de 30 gouttes, mais sans nouveaux accidents.

Le 22, 30 gouttes le matin et même soulagement ; mais le soir elle n'en a pas eu et s'en plaint beaucoup le lendemain matin, disant qu'elle n'a pas dormi de la nuit, et beaucoup souffert.

Le 23, elle a eu trois injections de 30 gouttes chacune, et a été très-calme.

A partir de ce moment jusqu'au 10 avril, on a continué les injections avec le même succès, puis elle a eu des accidents du côté du rein droit, ce qui complique cette étude.

OBSERVATION II.

Le nommé M..., âgé de 31 ans, entre le 19 février 1868. Il a une cystite qui date de dix mois : envies fréquentes d'uriner, douleurs très-vives dans le bas-ventre, hématurie, etc. (comme symptômes principaux). On commence par lui injecter dans la vessie 30 gouttes, et dès le deuxième jour il accuse un soulagement ; puis le troisième jour 50 gouttes en deux fois, et le lendemain, quatrième jour de l'entrée, il nous affirme que depuis six mois il n'a eu à aucun moment le calme qu'il a éprouvé depuis nos injections dans la vessie. (Il n'a rien eu d'autre que les injections.)

Le 25, on cesse les injections, mais le lendemain il nous dit avoir beaucoup souffert ; on les reprend à 30 gouttes qui le calment immédiatement.

Du 28 février au 4 mars, il n'a que 20 gouttes chaque matin et les douleurs n'ont pas augmenté.

Le 4 mars, il souffre un peu plus ; mais, au lieu d'augmenter la quantité de morphine, on essaye une solution de bromure de potassium que l'on continue jusqu'au 8 mars, sans le soulager, et de plus ces injections sont suivies de cuissons très-vives ; on cesse le bromure.

Il reste jusqu'au 26 mars avec des douleurs supportables, puis il recommence à souffrir comme au moment de son entrée. Injection de 30 gouttes de morphine, et il déclare avoir été le même jour très notablement soulagé. On les continue jusqu'au 1er avril, lorsqu'il est pris d'accidents inflammatoires du rein gauche.

OBSERVATION III.

Le nommé A..., âgé de 35 ans, entre le 14 mars avec une cystite datant d'un mois : envies très-fréquentes d'uriner, mictions douloureuses, etc. On commence les injections de morphine de suite par 50 gouttes (10 centigr.), et je note dès le lendemain un soulagement notable ; puis on monte à 60 gouttes en deux fois ; le mieux se maintient. Le 21 septembre, sept jours après l'entrée, il n'urine plus que quatre à cinq fois la nuit, tandis qu'avant il urinait toutes les cinq minutes.

Le 24 il n'a que 30 gouttes, et le lendemain il dit avoir plus souffert que d'habitude ; on persiste à ne lui donner que 30 gouttes ; mais au bout de quelques jours les douleurs deviennent assez vives pour réclamer 30 gouttes deux fois par jour : alors seulement le calme revient.

OBSERVATION IV.

Le nommé C..., âgé de 30 ans, entre le 4 août 1868 avec une uréthrite de la partie profonde du canal et de la cystite du col datant de plusieurs mois.

Les premiers jours, on lui prescrit des sangsues, des suppositoires calmants, des injections sous-cutanées de morphine, sans grand bénéfice, et le 24 août on note : miction toutes les heures avec des douleurs vives ; on lui fait une injection de 4 centigrammes de morphine dans la vessie, qui procure un peu de soulagement.

Le 25, injection de 30 gouttes, et le lendemain matin il déclare un mieux remarquable ; ainsi, au lieu de toutes les heures, il n'a uriné que deux fois dans la nuit.

Le 26, pas d'injection, et le 27 il dit avoir uriné plus souvent et avoir passé une mauvaise nuit. Le matin, 30 gouttes, et le soir il me dit avoir été bien mieux : il avait gardé ses urines trois heures, puis il avait uriné avec peu de douleur ; c'était le contraire jusqu'ici, où il souffrait d'autant plus en urinant qu'il avait retenu ses urines plus longtemps.

Le matin du 1er septembre, il raconte avoir été surpris d'avoir dormi cinq heures de suite la nuit précédente (il avait eu 35 gouttes la veille au soir), il dit n'avoir jamais dormi autant de suite depuis qu'il est malade; le plus qu'il dort est de deux heures à deux heures et demie. Trois ou quatre jours après, on cesse les injections pour le traiter par les douches fraîches, etc.

OBSERVATION V.

M. X..., employé à l'hôpital, âgé de 35 ans environ, a une cystite du col succédant à une blennorrhagie peu intense datant de six semaines. Les symptômes de la cystite ont commencé il y a trois semaines, et aujourd'hui, 13 octobre, seulement il s'alite; la miction est très-douloureuse. On prescrit : pilules de belladone, cataplasmes, etc.

Le 14, difficultés plus grandes de la miction, douleurs au col et au périnée très-vives. — 12 sangsues, lavements laudanisés, cataplasmes, pilules de belladone.

Le1 5. Il n'a pas été soulagé hier, et ce matin souffre beaucoup. (Frictions avec de l'extrait de belladone, pilules de bella done, cataplasmes, etc.) A trois heures de l'après-midi, il me fait demander et accuse de très-vives souffrances. Depuis cette nuit, il n'a uriné que quelques gouttes et à très-grand'peine; ventre ballonné, hypogastre des plus sensibles : il est inquiet, agité et le facies grippé. J'essaye d'abord de le calmer par des lavements laudanisés; il en prend deux de 10 gouttes chacun, mais les rend bientôt après par des efforts involontaires qu'il fait pour uriner, et, lorsque je le vois une demi-heure après, il est en proie aux plus vives souffrances, faisant des efforts inouïs et inutiles pour uriner. Je le sonde et retire 600 à 700 grammes d'urine. La douleur au col était atroce. Je lui fais ensuite une injection de chlorhydrate de morphine de 3 centigrammes et demi dans la vessie.

Je le revois à minuit; il est calme. A onze heures, un lavement de miel mercurial avait provoqué une garde-robe abondante, et il a pu évacuer, seul et en plusieurs fois, à peu près 200 grammes d'urine sans trop souffrir. Les envies d'uriner ont été sensiblement moins fréquentes; mais, comme depuis un moment les douleurs recommencent et qu'il craint de voir se renouveler celles de l'après-midi, je le sonde, puis lui fais une injection de morphine de 6 centigrammes. L'introduction de la sonde, quoique très-douloureuse, l'a été notablement moins que cette après-midi. Après cette injection, il a été sans douleurs jusqu'à deux heures du matin, puis s'est endormi jusqu'à cinq heures, et alors il a uriné de 400 à 500 grammes, seul et sans grandes douleurs.

Le matin, 16, on prescrit : frictions belladonées, cataplasmes, etc.

A huit heures du soir, je le revois; il avait uriné comme dans le courant de la journée, avec plus ou moins de difficulté, environ 300 grammes. Comme il redoute beaucoup la sonde, je lui fais une injection (avec l'explorateur) de 6 centigrammes, sans vider préalablement la vessie. Il n'a pas été calmé, et les douleurs ont été en augmentant jusqu'à quatre heures du matin, lorsqu'il me fit demander. Il souffrait beaucoup ; il essaye de toutes ses forces d'uriner, mais ne peut expulser une seule goutte. Je vide la vessie, puis lui fais une injection de 3 centigr. de morphine. Il a été de suite calmé et s'est endormi jusqu'à sept heures. Je le revois à onze heures du matin; il ne souffre pas, mais ne peut pas uriner; il essaye ensuite dans un grand bain, mais sans résultat. Je vide alors la vessie et lui injecte 5 centigrammes de morphine.

Le reste de la journée, il a pu uriner seul plusieurs fois, et à partir de ce moment, il est allé mieux et on n'a plus eu besoin de lui injecter de la morphine.

OBSERVATION VI.

La nommée A..., âgée de 17 ans, un peu hystérique, entre, le 7 mars, pour une névralgie de l'ovaire gauche ayant débuté avec les règles, il y a un an, et ayant persisté depuis avec exacerbations aux époques menstruelles.

Dès son entrée, on lui fait des injections sous-cutanées de morphine; elle y est très-sensible, puisque, le premier jour, un demi-centigramme a provoqué des vomissements, mais les douleurs ont diminué. Le 12 mars, elle a ses règles, et cette époque menstruelle est bien moins douloureuse que d'habitude.

Cette fille ne présentant aucun symptôme maladif du côté de la vessie, M. Guyon croit l'occasion très-favorable pour l'expérimentation des injections intra-vésicales. Le 17, on commence les injections par 4 centigramnes en deux fois.

L'amélioration obtenue par les injections sous-cutanées se maintient.

Le 22 mars, au lieu de l'injection intra-vésicale, on lui fait une injection sous-cutanée d'un demi-centigramme, et le lendemain elle s'en plaint spontanément, déclarant très-positivement qu'elle n'a pas été soulagée autant qu'avec les injections dans la vessie.

Le 1ᵉʳ avril, après une injection de 3 centigrammes dans la vessie, elle a eu des effets toxiques : lourdeur de tête, somnolence, congestion de la face. Cela a duré cinq à six heures.

Le 2 avril, on substitue une solution de bromure de potassium à la morphine, mais sans avantage ; au contraire, elle a recommencé aussitôt à souffrir, et on a été obligé de lui faire concurremment des injections sous-cutanées de morphine.

Résumons maintenant en quelques mots les points importants de ces observations. Il ressort de la première que les douleurs ont été rapidement calmées, que la fréquence de la miction a été remarquablement diminuée et le sommeil rendu à la malade.

Chez notre deuxième malade, le soulagement a été rapide, puisque le quatrième jour il affirme que, depuis six mois, il n'a eu à aucun moment le calme qu'il éprouvait alors.

Le troisième est calmé de même : le sommeil lui est rendu, puisqu'au bout de quelques jours, au lieu d'uriner toutes les cinq minutes, il n'urine plus que quatre à cinq fois dans la nuit. Le quatrième en retire de même des bénéfices sous forme de diminution dans la fréquence des mictions et des douleurs.

Dans l'observation V, il s'agit d'une cystite aiguë. On peut voir que, chaque fois qu'il y a eu évacuation de la vessie par la sonde et injection de morphine, il y a eu un soulagement très-notable dans la fréquence des envies d'uriner et dans les douleurs. On pourrait penser peut-être qu'une grande part doit en revenir à l'évacuation de la vessie ; mais je ne pense pas que le simple cathétérisme (par une sonde métallique) d'une vessie atteinte de cystite aiguë du col, avec un ténesme violent et une très-grande difficulté de miction, puisse amener un soulagement si remarquable : bien au contraire, le cathétérisme doit, dans ces cas, être pratiqué, suivant les auteurs, avec la plus grande réserve, dans la crainte d'aggraver la position. Je crois donc que c'est bien aux injections de morphine qu'il faut attribuer ce soulagement si remarquable.

Au point de vue pratique, il ressort des observations précédentes que les injections de chlorhydrate de morphine dans la vessie peuvent être d'un très-utile secours thérapeutique, et à ce titre elles méritent d'être employées plus souvent. Signalons en passant que, chez deux des malades précédents, on avait placé inutilement des calmants dans le rectum, qui est pourtant reconnu par les auteurs comme le vrai siége d'action des médicaments calmants dans ces cas.

J'ajouterai que, dans le service des voies urinaires de M. Guyon, nous avons fait bien souvent ces injections, et toujours nous n'avons eu qu'à nous en louer. Depuis, j'ai eu plusieurs fois l'occasion de vérifier les bienfaits qu'on pouvait retirer de cette médication.

Mais il faut, pour cela, vider préalablement la vessie et ne pas craindre d'injecter 3, 4, 5 centigr. de morphine à la fois, en employant une solution au 25e qui donnera 2 milligr. de sel par goutte. L'injection se fait à l'aide d'une petite sonde, ou mieux, d'un explorateur à boule, perforé, et de la seringue de Pravaz.

Quant à l'observation 6, je l'ai rapportée telle que je l'avais publiée en 1868. C'est une justice que je devais à ceux que j'ai dû critiquer dans le courant de ce travail ; j'étais à ce moment aussi profondément dans l'erreur que je les y crois maintenant. Aujourd'hui, cette observation ne mérite plus d'être discutée.

CONCLUSIONS.

Je crois être en droit de conclure de ce travail :

1° Que la *vessie saine* n'absorbe pas d'une façon appréciable les substances médicamenteuses ou toxiques ;

2° Que *l'urèthre sain* les absorbe parfaitement bien ;

3° Que la *vessie enflammée* les absorbe d'une façon très-notable ;

4° Que, *dans la thérapeutique,* on peut mettre à profit cette propriété d'absorption par la vessie enflammée avec un avantage réel, à la condition de prendre certaines précautions que j'ai indiquées.

Paris. A PARENT, imprimeur de la Faculté de Médecine, rue Mr-le-Prince, 31.